1.本書的使用方法

請先找個看起來和藹可親、面容慈祥的土耳其人，然後開口向對方說：

> 對不起！打擾一下！
> **Affedersiniz , rahatsız ediyorum.**

出示下列這一行字請對方過目，並請對方指出下列三個選項，回答是否願意協助「指談」。

> 這是指談的會話書，方便的話，是否能請您使用本書和我對談？
> **Vaktiniz varsa bu kitap yardımıyla benimle konuşabilir misiniz ?**

> 好的！沒問題
> **Tamam, sorun değil.**

> 不太方便！
> **Bu benim için çok uygun değil.**

> 我沒時間
> **Üzgünüm vaktim yok.**

STEP-3 如果對方答應的話（也就是指著 "Tamam, sorun değil."）請馬上出示下列圖文，並使用本書開始進行對話。若對方拒絕的話，請另外尋找願意協助指談的對象。

> 非常感謝！現在讓我們開始吧！
> **Çok teşekkür ederim. Şimdi konuşmaya başlayabiliriz.**

2.版面介紹

1 本書收錄有十個單元三十多個主題，並以色塊的方式做出索引列於書之二側；讓使用者能夠依顏色快速找到你想要的單元。

詢問處
Danışma

計程車招呼站
Taksi durağı

2 每一個單元皆有不同的問句，搭配不同的回答單字，讓使用者與協助者可以用手指的方式溝通與交談，全書約有超過150個會話例句與2000個可供使用的常用單字。

ma　海關 Gümrük

P.20　　　P.19
召呼站 urağı　地鐵 Metro

3 在單字與例句的欄框內，所出現的頁碼為與此單字或是例句相關的單元，方便使用者快速查詢。

4 當你看到左側出現符號與空格時，是為了方便使用者與協助者進行筆談溝通或是作為標註記錄之用。

1 sem

★目前台灣尚未有直空、德國漢莎航空

5 在最下方處，有一註解說明與此單元相關之旅遊資訊，提供使用者參考之用。

動詞／疑
Eylemler/Soru

為什麼
Niçin

6 最後一個單元為常用字詞，放置有最常被使用的字詞，供使用者參考使用。

通訊錄記錄

我住在
Ben

7 隨書附有通訊錄的記錄欄，方便使用者記錄同行者之資料，以利於日後聯絡。

重要度

護照（要影
簽證（有的國
飛機票（要影
現金（零錢也
信用卡

8 隨書附有＜旅行攜帶物品備忘錄＞，讓使用者可以提醒自己出國所需之物品。

3.語言字母發音說明

A	B	C	Ç	D	E	F	G	Ğ	H
Y	ㄅ	ㄐ	ㄑ	ㄉ	ㄟ	ㄷ	ㄍ	不發音	ㄏ

I	İ	J	K	L	M	N	O	Ö	P
ㄜ	ㄧ	ㄓ	ㄎ	ㄌ	ㄇ	ㄋ	ㄛ	ㄜ	ㄆ

R	S	Ş	T	U	Ü	Y	Z
ㄖ	ㄙ	ㄒ	ㄊ	ㄨ	ㄩ	ㄧ	ㄗ

作者序

　　每個人對於渡假都有不同的期望。有些人喜歡暖暖豔陽，有些人愛皓皓白雪。有的人熱愛購物、穿梭於人來人往的大市集，有的人沉醉於歷史文化的古蹟巡禮。在土耳其，這些豐富的自然景觀、多元的歷史文物、多樣的生活風貌，應有盡有，保證能順服您每一條敏銳的神經，絕對能帶給您各種觀感的刺激。

　　土耳其，這個位於歐亞交界、擁有璀璨的歷史文物與文明、極品美食，以及熱情民族性的國家，正等著您投入其中，好好享受一番。土耳其坐落於歐亞交界的橋梁位置，幾經東西方文明的交融，而呈現今日土耳其亦歐亦亞的風貌。土耳其，無疑地是渡假的天堂。解放自己、拋開束縛，去土耳其渡個假吧！到這麼一個千里遠外的國度，尋求假期的新能源。那兒熱情澎湃的地中海民族，無時無刻都展開著雙臂，迎接著東方來的遠客呢！

SERAP KIZLIER

4.常用的問候語Selam laşma

　　土耳其語的問候語大都是一些慣用語，因此最好的學習方法就是反反覆覆的多唸幾次，直到能朗朗上口為止，至於何謂「朗朗上口」呢？簡單的說就是當你想向人道謝時，結果在第一時間衝口而出的居然是「**Teşekkür ederim**」而不是「謝謝」，那麼你就算「學成」！

　　以下的各句問候用語，你不妨每句先唸個一百次，馬上就可以體驗到何謂「土耳其語朗朗上口」的快樂滋味，不信的話就請試試看吧！

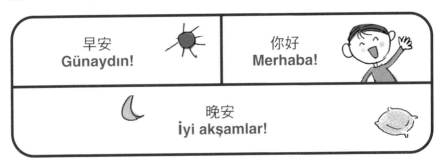

早安 Günaydın!	你好 Merhaba!
晚安 İyi akşamlar!	

稱呼	先生 Bay	小姐 Bayan	女士 Hanımefendi
朋友（男） Erkek arkadaş		朋友（女） Kız arkadaş	同學 Sınıf arkadaşı

麻煩你 Rahatsız ediyorum!	謝謝 Teşekkür ederim!

不客氣 Rica ederim.	對不起 Affedersiniz!	再見 Görüşürüz!

不好意思（詢問、叫人、引人注意時的用語，同 excuse me）
Pardon!

＊需要用到的句子

我的土耳其文不好。
Türkçem çok iyi değil.

請講慢一點。
Lütfen biraz yavaş konuşur musunuz?

請再說一次。
Lütfen tekrar eder misiniz?

請寫在這裡。
Lütfen buraya yazar mısınız?

歡迎。 Hoşgeldiniz.	謝謝。（回應歡迎時所講） Hoşbulduk.
很高興認識你。 Memnun oldum.	您是哪裡人？ Nerelisiniz?

i ç i n d e k i l e r

土耳其

TÜRKİYE

1.機場詢問

請問您 Affedersiniz	謝謝 Teşekkür ederim

入境 Varış	出境 Hareket	觀光 Gezinti/Turizm
是的 Evet	不 Hayır	休假出遊 Tatilde
出差 İş gezisi		在哪裡？ Nerede?

停留多久？ Ne kadar kalacaksınız?	過境 Transit

一個禮拜 Bir hafta	二個禮拜 İki hafta	一個月 Bir ay	一年 Bir yıl

請問這附近有沒有～～？ Bu yakınlarda～～var mı?			
兌幣處 Döviz bürosu		洗手間 Tuvalet	
詢問處 Danışma	海關 Gümrük	公車站 →P.18 Otobüs durağı	
計程車招呼站 →P.20 Taksi durağı	地鐵 →P.19 Metro	吸菸區 Sigara içme salonu	

請問～～在哪裡？
Affedersiniz, ～～nerede acaba?

有前往市區的巴士嗎？
Buradan şehir merkezine giden otobüs var mı?

要在哪裡搭車？
Nereden otobüse binebilirim acaba?

能不能幫幫我！
Bana yardım eder misiniz?

★台灣沒有直飛土耳其的航班，可以在香港、曼谷或歐洲國家轉搭土耳其航空、英亞航、荷航等班機前往。

2.今晚打算住哪裡？

請問還有房間嗎？	Boş odanız var mı?
在台灣就已經預約了住宿。	Ben Tayvan' dan yer ayırtmıştım.
我要住~~天。	Ben~~gün kalmak istiyorum.
請問住宿費一天多少錢？	Geceliği ne kadar?
這有包括稅金和服務費嗎？	Vergi ve bahşişler dahil mi ?
有沒有更便宜的房間？	Daha ucuz odanız var mı?
請給我比較安靜的房間。	Bana sessiz bir oda verebilir misiniz?
現在就可以Check in嗎？	Şimdi giriş yapabilir miyim?
退房時間是幾點？	Saat kaçta çıkış yapmam lazım?

單人房	Tek kişilik oda
雙人房	Çift kişilik oda
飯店	Otel
便宜的飯店	Ucuz otel

→P.63

這裡的地址？	這裡的電話號碼？
Buranın adresi nedir?	Buranın telefon numarası kaç?

~~在哪裡？	請告訴我!	客滿	電梯
~~nerede?	Lütfen bana söyleyin!	Boş oda yok	Asansör
緊急出口	餐廳	櫃檯	廁所
Acil çıkış	Lokanta	Resepsiyon	Tuvalet

3.旅館常見問題

我要再多住一天。
Bir gün daha kalmak istiyorum.

請幫我換房間。
Lütfen odamı değiştirin.

這個房間太吵了。
Bu oda çok gürültülü.

房間裡沒有肥皂。
Odamda hiç sabun yok.

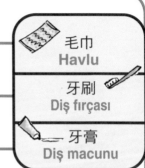

毛巾
Havlu

牙刷
Diş fırçası

牙膏
Diş macunu

這個鎖壞了。
Kilit bozuldu.

我要洗髮精。
Şampuan istiyorum.

沒有熱水。
Sıcak su akmıyor.

我(不小心)把鑰匙忘在房間裡了。
Anahtarımı odamda unuttum.

廁所沒辦法沖水。
Tuvaletin sifonu bozuk.

電視不能看。
Televizyon bozuk.

這個壞了。
Bu bozuk.

請勿打擾!
Rahatsız etmeyin.

請叫服務生來。
Lütfen bana bir görevli gönderin.

有人找我嗎?
Beni arayan var mı?

空調停了。
Klima çalışmıyor.

房間太冷了。
Oda çok soğuk.

你能把這些髒衣物收走嗎?
Kirli çamaşırları alır mısınız?

我要乾淨的毛巾。
Temiz havlu istiyorum.

請再給我一個枕頭。
Lütfen bir yastık daha verir misiniz.

我能拿條毛毯嗎?
Battaniye alabilir miyim?

★ 土耳其的電壓為220 V,大城市中,水龍頭的水可以直接飲用。

單元三 旅行觀光

單元三 旅行觀光

土耳其位置圖

自助旅行

搭乘大眾交通工具

搭乘計程車

伊斯坦堡

愛琴海沿岸城市

地中海沿岸城市

首都安卡拉

懶人旅行法

歐 洲　黑 海　喬治亞　裏

亞美尼亞　亞塞拜然

海

土耳其

塞普勒斯　敘利亞

黎巴嫩

地中海　巴勒斯坦　伊拉克

以色列

約旦

科威特

非 洲　巴林

卡達

沙烏地阿拉伯

北
Kuzey

東
Doğu

西
Batı

N

W　E

S

南
Güney

葉 門

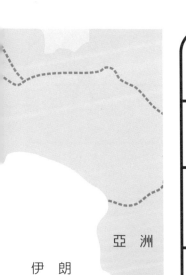

伊朗

亞洲

拉伯
合大公國

阿曼

阿拉伯海

我第一次來土耳其。
Bu benim Türkiye'ye ilk gelişim.

我是來觀光的。
Turist olarak geldim.

→P.16
我是自助旅行。
Seyahat acentasıyla değil, kendim seyahat ediyorum.

這裡的風景很漂亮。
Buranın manzarası çok güzel.

→P.31
有什麼建議?
Bir öneriniz var mı?

→P.72
我迷路了。
Kayboldum.

單元三 旅行觀光

土耳其位置圖

自助旅行

搭乘大眾交通工具

搭乘計程車

伊斯坦堡

愛琴海沿岸城市

地中海沿岸城市

首都安卡拉

懶人旅行法

2.自助旅行

我想去~~ Ben~~gitmek istiyorum.	~~在哪裡？ ~~nerede?

請問到~~怎麼走？
Affedersiniz, ~~nasıl gidebilirim?

這附近有~~嗎？
Bu yakınlarda~~var mı?

洗手間 Tuvalet	兌幣處 Döviz bürosu
詢問處 Danışma	警察局 Karakol
公車站 Otobüs durağı	計程車招呼站 Taksi durağı

購物中心 Alışveriş merkezi	郵局 Postane	銀行 Banka

博物館(美術館)
Müze

走路/坐車要多久？
Otobüsle / yürüyerek ne kadar sürer?

請問這裡是哪裡？
Affedersiniz burası neresi?

這是什麼路？
Bu sokağın adı ne?

請告訴我現在的位置？（出示地圖）
Şu anda nerede olduğumuzu söyler misiniz?

北方 Kuzey	東方 Doğu	西方 Batı	南方 Güney
前面 Ön	後面 Arka	上面 Yukarı	下面 Aşağı

直走 Doğru gidin	左轉 Sola dönün	右轉 Sağa dönün

對面 Karşı tarafta	紅綠燈 Trafik lambaları
過馬路 Karşıdan karşıya geçin	

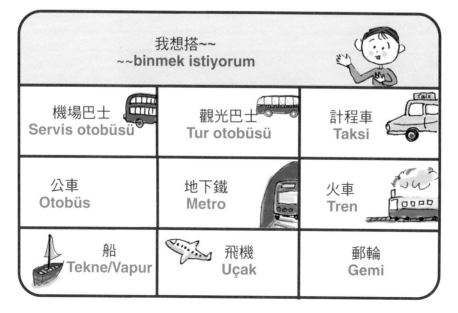

我想搭~~ ~~binmek istiyorum		
機場巴士 Servis otobüsü	觀光巴士 Tur otobüsü	計程車 Taksi
公車 Otobüs	地下鐵 Metro	火車 Tren
船 Tekne/Vapur	飛機 Uçak	郵輪 Gemi

單元三 旅行觀光

土耳其位置圖

自助旅行

搭乘大眾交通工具

搭乘計程車

伊斯坦堡

愛琴海沿岸城市

地中海沿岸城市

首都安卡拉

懶人旅行法

單元三 旅行觀光

土耳其位置圖

自助旅行

搭乘大眾交通工具

搭乘計程車

伊斯坦堡

愛琴海沿岸城市

地中海沿岸城市

首都安卡拉

懶人旅行法

3.搭乘大眾交通工具

到~~的票在哪裡買？
~~gitmek için nereden bilet alabilirim?

請問到~~的公車/火車要到哪裡搭？
~~gitmek için otobüse / trene nereden binebilirim?

請給我~~張票。
Lütfen bana~~tane bilet verin.

| 多少錢？
Ne kadar? | 要花多少時間？
Ne kadar sürüyor? |

下一班公車/火車幾點開？
Bir sonraki otobüs/tren ne zaman kalkar?

→P.63

	車票 Bilet	
單程票 Tek gidiş	來回票 Gidiş dönüş
公車地鐵月票（週票） Bir aylık bilet	一日通行券 Günlük bilet

這附近有沒有廁所呢？
Buralarda tuvalet var mı?

廁所在哪裡？
Tuvalet nerede?

我可以借用一下廁所嗎？
Tuvaletinizi kullanabilir miyim?

搭乘電車 Trene binmek	往~~的車是在哪一號月台？ ~~treni hangi perondan kalkacak?

這班電車開往~~嗎？
Bu tren~~gider mi?

這班電車在~~停車嗎？
Bu tren~~durur mu?

出口/入口 Giriş/Çıkış	剪票口 Gişe
換車處 Aktarma durağı	私營鐵路線 Özel demiryolu
地鐵 Metro	成人 / 小孩 Yetişkin/Çocuk
退返硬幣 Geri ödeme	喚人按鈕 Çağrı

單元三 旅行觀光

土耳其位置圖

自助旅行

搭乘大眾交通工具

搭乘計程車

伊斯坦堡

愛琴海沿岸城市

地中海沿岸城市

首都安卡拉

懶人旅行法

4.搭乘計程車

計程車招呼站在哪裡？
Taksi duragı nerede?

請叫一輛計程車。
Lütfen bana bir taksi çağırın.

我想到這裡。(出示地址)
Ben bu adrese gitmek istiyorum.

還沒到嗎？
Daha varmadık mı?

已經過了嗎？
Geçtik mi?

到的時候請告訴我。
Lütfen oraya vardıgımızda bana söyleyin.

到~~要多少錢呢？
~~gitmek kaç Lira?

請到~~。
Lütfen~~gidelim.

請到這個地址去。(出示地址)
Lütfen bu adrese gidelim.

請在這裡等一會兒。 **Lütfen burada biraz bekleyin.**	請快點！ **Lütfen çabuk olun!**
在這裡停車。 **Lütfen burada durun.**	請一直走。 **Lütfen doğru gidin.**
請往右轉。 **Lütfen sağa dönün.**	下車。 **İnecek var.**

5.伊斯坦堡

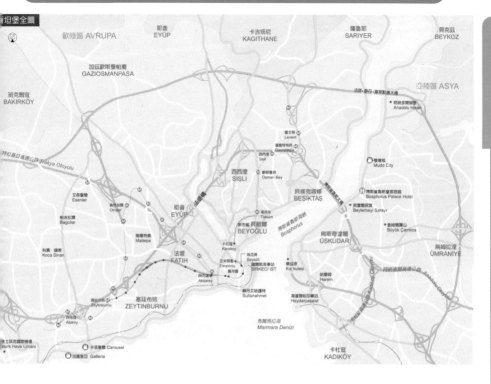

我想去~~ Ben~~gitmek istiyorum.	請問到~~怎麼走？ Affedersiniz,~~nasıl gidebilirim？
~~在哪裡？ ~~nerede？	
請告訴我現在的位置。（出示地圖） Şu an nerede olduğumuzu söyler misiniz？	

★伊斯坦堡是個令人覺得古今交錯的城市，觸目所及都是會讓你驚豔的名勝古蹟。阿塔土耳克機場位於市中心西南方，與世界各大城市皆有航班往來。

單元三 旅行觀光

土耳其位置圖

自助旅行

搭乘大眾交通工具

搭乘計程車

伊斯坦堡

愛琴海沿岸城市

地中海沿岸城市

首都安卡拉

懶人旅行法

伊斯坦堡歐陸區全圖

我想去~~ Ben~~gitmek istiyorum.	請問到~~怎麼走？ Affedersiniz,~~nasıl gidebilirim?
~~在哪裡？ ~~nerede?	請告訴我現在的位置。（出示地圖） Şu an nerede olduğumuzu söyler misiniz?

朵瑪巴切皇宮
Dolmabahçe Sarayı

瑪巴切清真寺
olmabahçe Camii

方區

單元三 旅行觀光

土耳其位置圖

自助旅行

搭乘大眾交通工具

搭乘計程車

伊斯坦堡

愛琴海沿岸城市

地中海沿岸城市

首都安卡拉

懶人旅行法

歐陸區	
耶普蘇丹清真寺 Eyüp Sultan Camii	法堤清真寺 Fethiye Camii
卡利耶博物館 Kariye Müzesi	

新市區	
塔克辛廣場 Taksim Meydanı	朵瑪巴切皇宮 Dolmabahçe Sarayı
勝利清真寺 Nusretiye Camii	加拉達塔 Galata Kulesi

舊市區	
托普卡皇宮 Topkapı Sarayı	蘇萊曼清真寺 Süleymaniye Camii
大市集 Kapalı Çarşı	聖索菲亞教堂 Ayasofya
藍色清真寺 Sultanahmet Camii	

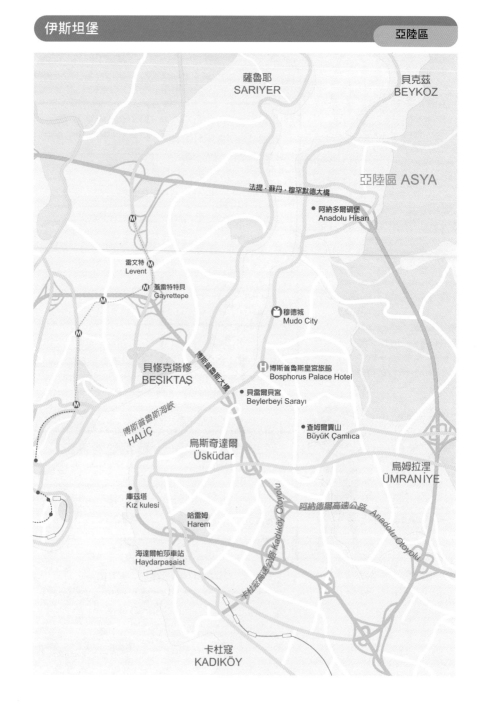

薩魯耶
SARIYER

貝克茲
BEYKOZ

亞陸區 ASYA

法提・蘇丹・穆罕默德大橋

阿納多爾碉堡
Anadolu Hisarı

雷文特
Levent

蓋雷特特貝
Gayrettepe

穆德城
Mudo City

貝修克塔修
BEŞIKTAŞ

博斯普魯斯大橋

博斯普魯斯皇宮旅館
Bosphorus Palace Hotel

貝雷爾貝宮
Beylerbeyi Sarayı

博斯普魯斯海峽
HALIÇ

烏斯奇達爾
Üsküdar

查姆賈山
BüyüK Çamlıca

烏姆拉涅
ÜMRANİYE

庫茲塔
Kız kulesi

阿納德爾高速公路 Anadolu Otoyolu

哈雷姆
Harem

海達爾帕莎車站
Haydarpaşaist

卡杜寇高速公路 Kadıköy Otoyolu

卡杜寇
KADIKÖY

我想去~~ Ben~~ gitmek istiyorum.	請問到~~怎麼走？ Affedersiniz,~~nasıl gidebilirim?
~~在哪裡？ ~~nerede?	

請告訴我現在的位置。（出示地圖）
Şu an nerede olduğumuzu söyler misiniz?

貝雷爾貝宮
Beylerbeyi Sarayı

烏斯奇達爾 **Üsküdar**	庫茲塔 **Kız kulesi**
貝克茲 **Beykoz**	海達爾帕莎車站 **Haydarpaşa İst.**
穆德城 **Mudo City**	阿納多爾碉堡 **Anadolu Hisarı**
卡杜寇 **Kadıköy**	查姆爾賈山 **BüyüK Çamlıca**

單元三 旅行觀光

土耳其位置圖

自助旅行

搭乘大眾交通工具

搭乘計程車

伊斯坦堡

愛琴海沿岸城市

地中海沿岸城市

首都安卡拉

懶人旅行法

伊斯坦堡歐陸區舊市區圖

蘇丹穆罕默德 法提清真寺
Sultan Mehmet Fatih Camii

植物園
Botanik Enstitüsü

蘇萊曼清真寺
Süleymaniye Camii

耶尼清真寺
Yeni

埃及市集 Mısır

夏夫札迪清真寺
Şehzade Camii

伊斯坦堡大學
Istanbul Üniversitesi

大市集
Kapalı çarsı

拉雷利清真寺
Laleli Camii

路面電車 TRAM

優斯夫帕夏
Yusufpaşa

拉雷利
Laleli

優斯夫帕夏
Yusufpaşa

大學
Üniversite

香貝爾塔
Çemberlita

克姆卡普
Kumkapı

克姆卡普車站
Kumkapi ist

我想去~~ Ben~~ gitmek istiyorum.	請問到~~怎麼走？ Affedersiniz,~~nasıl gidebilirin
~~在哪裡？ ~~nerede?	請告訴我現在的位置。（出示地圖） Şu an nerede olduğumuzu söy

托普卡皇宮 Topkapı Sarayı
蘇萊曼清真寺 Süleymaniye Camii
大市集 Kapalı Çarşı
聖索菲亞教堂 Ayasofya
藍色清真寺 Sultanahmet Camii
賽馬場 Hipodrum
地下宮殿 Yerebatan Sarayı
夏夫札迪清真寺 Şehzade Camii
拉雷利清真寺 Laleli Camii
考古學博物館 Yerebatan Sarayı

iz?

單元三 旅行觀光

土耳其位置圖

自助旅行

搭乘大眾交通工具

搭乘計程車

伊斯坦堡

愛琴海沿岸城市

地中海沿岸城市

首都安卡拉

懶人旅行法

舊市區的蘇丹艾哈邁德區 Sultanahmet

N

Nuruosmaniye Cad

市集 Bazar

奇里姆藝術之家
Kilim Art

土耳其樂器行
Turkish Music House

聖伊里尼教堂
Aya Irini Kilisesi

阿提克・帕夏清真寺
Atik Paşa Camii

Vezirhani Cad

Babıali Cad

Almeydanı Sk.

Yerebatan Cad

皇帝之門

Divanyolu Cad

布丁屋
Pudding Shop

地下宮殿
Yerebatan Sarayı

聖索菲亞教堂
Ayasofya

Ishakpasa Cad

努魯歐斯曼尼清真寺
Nuruosmaniye Camii

蘇丹酒吧
Sulat Pub

聖索菲亞廣場
Ayasofya Meydanı

Dr. Imran Oktem Cad.

蘇丹艾哈邁德公園
Sultanahmet Parkı

Sinan Sok.

土耳其・伊斯蘭美術博物館
Turk Islam Eserleri Muzesi

Alemdar Cad

Arbiyik Cad

賽馬場
Hipodrum

藍色清真寺
（蘇丹艾哈邁德清真寺）
Sultanahmet Camii

蘇克魯・帕夏清真寺
Sokullu Camii

鑲嵌畫博物館
Mozaik Müzesi

克丘克・索菲亞清真寺
Küçük Ayasofya Camii

Kennedy C

我想去～～
Ben~~gitmek istiyorum.

請問到～～怎麼走？
Affedersiniz,~~nasıl
gidebilirim?

～～在哪裡？
~~nerede?

請告訴我現在的位置。（出示地圖）
Şu an nerede olduğumuzu söyler misiniz?

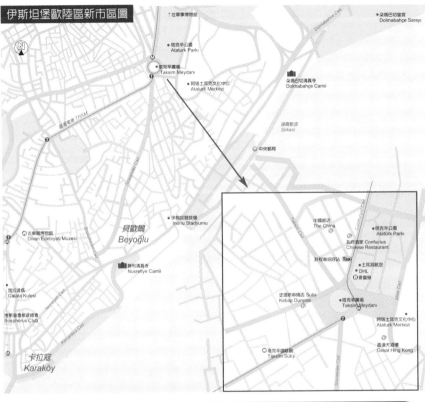

伊斯坦堡歐陸區新市區圖

單元三 旅行觀光

土耳其位置圖

自助旅行

搭乘大眾交通工具

搭乘計程車

伊斯坦堡

愛琴海沿岸城市

地中海沿岸城市

首都安卡拉

懶人旅行法

新市區		軍事博物館 Askeri Müze
塔克辛廣場 Taksim Meydanı		朵瑪巴切皇宮 Transit
勝利清真寺 Nusretiye Camii		加拉達塔 Galata Kulesi

單元三 旅行觀光

土耳其位置圖

自助旅行

搭乘大眾交通工具

搭乘計程車

伊斯坦堡

愛琴海沿岸城市

地中海沿岸城市

首都安卡拉

懶人旅行法

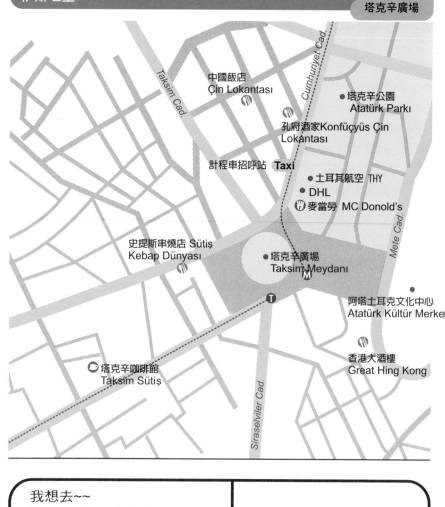

我想去~~
Ben~~ gitmek istiyorum.

~~在哪裡？
~~nerede?

請問到~~怎麼走？
Affedersiniz,~~nasıl gidebilirim?

請告訴我現在的位置。（出示地圖）
Şu an nerede olduğumuzu söyler misiniz?

單元三 旅行觀光

土耳其位置圖

自助旅行

搭乘大眾交通工具

搭乘計程車

伊斯坦堡

愛琴海沿岸城市

地中海沿岸城市

首都安卡拉

懶人旅行法

伊斯坦堡 İstanbul

博斯普魯斯海峽 Haliç

西納 Sinop

安卡拉 Ankara

尼爾海峽 danell

特洛伊 Truva

嘉那卡利 Çanakkale

布爾沙 Bursa

貝爾加馬 Bergama

卡帕多奇亞 Kapadokya

伊士麥 izmir

棉堡 Pamukkale

凱色利 Kayseri

以弗索 Efes

厄古普 Ürgüp

帕吉 Perge

孔亞 Konya

博德朗 Bodrum

安塔利亞 Antalya

阿斯班度 Aspendos

卡拉曼 Karaman

琴海 ge Denizi

地中海 Akdeniz

İstanbul

İstanbul

İstanbul

Rize

哪些城市比較好玩？ Sizce hangi şehirleri görmeliyim?	我想要看古蹟。 Tarihi yerleri görmek istiyorum
有什麼建議？ Bir öneriniz var mı?	我想去海邊。 Deniz kıyısına gitmek istiyorum.

請寫在這裡。
Lüftfen buraya yazın.

貝爾加馬 Bergama

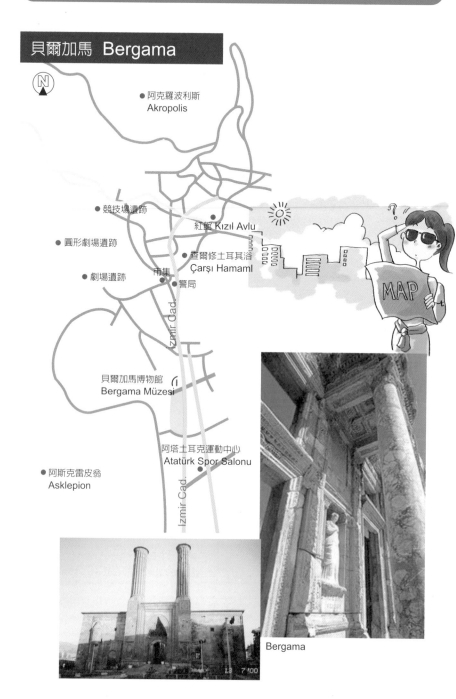

● 阿克羅波利斯
Akropolis

● 競技場遺跡

紅館 Kızıl Avlu

● 圓形劇場遺跡

● 查爾修土耳其浴
Çarşı Hamaml

● 劇場遺跡

市集

警局

İzmir Cad.

貝爾加馬博物館
Bergama Müzesi

阿塔土克運動中心
Atatürk Spor Salonu

● 阿斯克雷皮翁
Asklepion

İzmir Cad.

Bergama

我想去~~ Ben~~ gitmek istiyorum.	請問到~~怎麼走？ Affedersiniz,~~nasıl gidebilirim?
~~在哪裡？ ~~nerede?	請告訴我現在的位置。（出示地圖） Şu an nerede olduğumuzu söyler misiniz?

土耳其位置圖

自助旅行

搭乘大眾交通工具

搭乘計程車

伊斯坦堡

愛琴海沿岸城市

地中海沿岸城市

首都安卡拉

懶人旅行法

貝爾加馬博物館 Bergama Müzesi
紅館 Kızıl Avlu
阿克羅波利斯古代遺跡 Akropolis
阿斯克雷皮翁聖地 Asklepion
查爾修士耳其浴 Çarşı Hamamı
阿塔土耳克運動中心 Atatürk Spor Salonu

★貝爾加馬是土耳其典型的小城市，有許多希臘時代的古跡，由伊斯坦堡可搭巴士前往，但車程約需10個小時。

單元三 旅行觀光

土耳其位置圖

自助旅行

搭乘大眾交通工具

搭乘計程車

伊斯坦堡

愛琴海沿岸城市

地中海沿岸城市

首都安卡拉

懶人旅行法

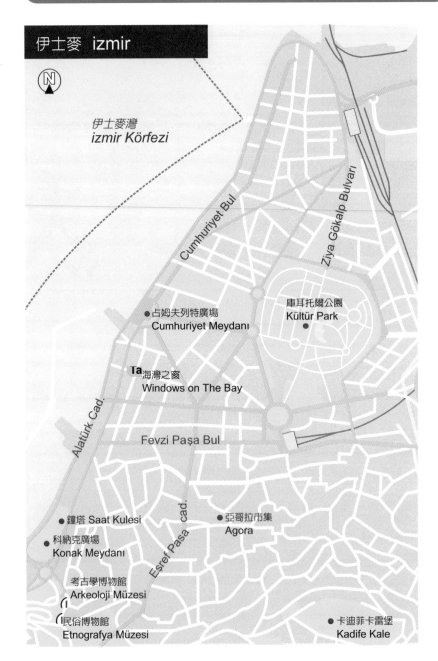

伊士麥 izmir

伊士麥灣
izmir Körfezi

Cumhuriyet Bul

Ziya Gökalp Bulvarı

占姆夫列特廣場
Cumhuriyet Meydanı

庫耳托爾公園
Kültür Park

Ta 海灣之窗
Windows on The Bay

Fevzi Paşa Bul

Alatürk Cad.

Eşref Pasa cad.

鐘塔 Saat Kulesi

亞哥拉市集
Agora

科納克廣場
Konak Meydanı

考古學博物館
Arkeoloji Müzesi

民俗博物館
Etnografya Müzesi

卡迪菲卡雷堡
Kadife Kale

我想去~~ Ben~~ gitmek istiyorum.	請問到~~怎麼走？ Affedersiniz,~~nasıl gidebilirim?
~~在哪裡？ ~~nerede?	

請告訴我現在的位置。（出示地圖）
Şu an nerede olduğumuzu söyler misiniz?

考古學博物館 Arkeoloji Müzesi	海灣之窗 Windows on The Bay
科納克廣場 Konak Meydanı	卡迪菲卡雷堡 Kadife Kale
亞哥拉市集 Agora	占姆夫列特農場 Cumhuriyet Meydanı
庫其托爾公園 Kültür Park	鐘塔 Saat Kulesi
民俗博物館 Etnografya Müzesi	

★伊士麥是土耳其第三大城，歷史悠久、工商繁榮，是個都市化的城市，市內有航空站、巴士站、百貨公司、銀行等。

愛琴海沿岸城市

博德朗 Bodrum

自助旅行
搭乘大眾交通工具
搭乘計程車
伊斯坦堡
愛琴海沿岸城市
地中海沿岸城市
首都安卡拉
懶人旅行法

博德朗城堡
Bodrum Kalesi

卡利亞公主展示廳
Carian Princess Exhibit

往希臘渡輪碼頭

Alatürk Cad.

土耳其浴場

Cevat Şakir Cad.

Neyzen Tevfik C

馬索洛斯廟
Mozaleun

Turgutreis Cad.

市集

馬斯神殿
Mars Tapınağı

★博德朗是歷史悠久的古城，有列名世界七大奇景之一的馬索洛斯廟，現在以美麗的海灘而成為渡假勝地。

古代劇場
Antik Tiyatro

博德朗城堡
Bodrum Kalesi

卡利亞公主展示廳
Carian Princess Exhibit

馬索洛斯廟
Mozaleum

馬斯神殿
Mars Tapınağı

我想去~~
Ben~~ gitmek istiyorum.

~~在哪裡？
~~nerede?

請問到~~怎麼走？
Affedersiniz,~~nasıl gidebilirim?

請告訴我現在的位置。（出示地圖）
Şu an nerede olduğumuzu söyler misiniz?

ad.

劇場
‹ Tiyatro

土耳其位置圖

自助旅行

搭乘大眾交通工具

搭乘計程車

伊斯坦堡

愛琴海沿岸城市

地中海沿岸城市

首都安卡拉

懶人旅行法

單元三 旅行觀光

土耳其位置圖

自助旅行

搭乘大眾交通工具

搭乘計程車

伊斯坦堡

愛琴海沿岸城市

地中海沿岸城市

首都安卡拉

懶人旅行法

7.地中海沿岸城市

★安塔利亞是個氣候怡人、風光明媚的海港城市，有不少文化亦跡，交通也很便利。

我想去~~ Ben~~ gitmek istiyorum.	請問到~~怎麼走？ Affedersiniz,~~nasıl gidebilirim?
~~在哪裡？ ~~nerede?	請告訴我現在的位置。（出示地圖） Şu an nerede oldugumuzu söyler misiniz?

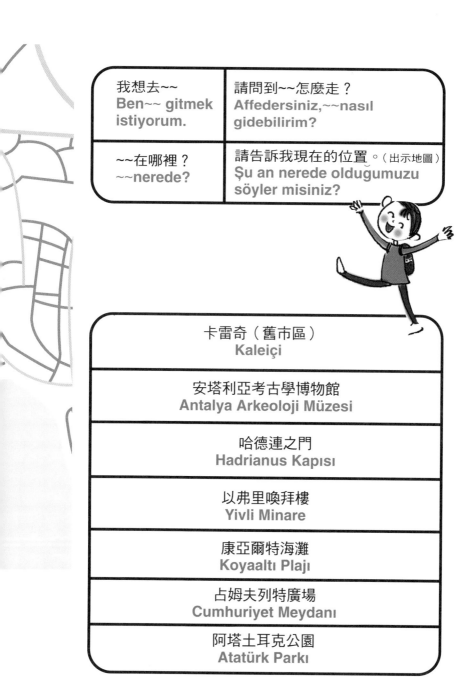

卡雷奇（舊市區） Kaleiçi
安塔利亞考古學博物館 Antalya Arkeoloji Müzesi
哈德連之門 Hadrianus Kapısı
以弗里喚拜樓 Yivli Minare
康亞爾特海灘 Koyaaltı Plajı
占姆夫列特廣場 Cumhuriyet Meydanı
阿塔土耳克公園 Atatürk Parkı

土耳其位置圖

自助旅行

搭乘大眾交通工具

搭乘計程車

伊斯坦堡

愛琴海沿岸城市

地中海沿岸城市

首都安卡拉

懶人旅行法

地中海沿岸城市

費特希耶　Fethiye

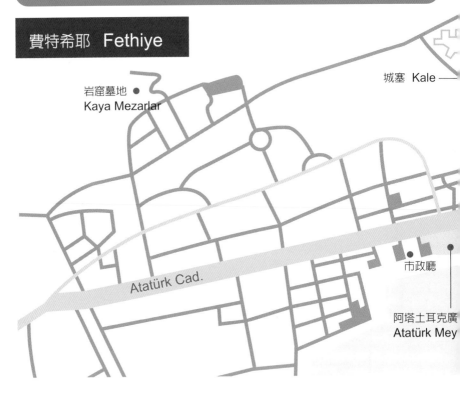

城塞　Kale

岩窟墓地 ●
Kaya Mezarlar

市政廳

阿塔土耳克廣
Atatürk Mey

Atatürk Cad.

我想去~~
Ben~~ gitmek istiyorum.

請問到~~怎麼走？
Affedersiniz,~~nasıl gidebilirim?

~~在哪裡？
~~nerede?

請告訴我現在的位置。（出示地圖）
Şu an nerede olduğumuzu söyler misiniz?

★費特希耶擁有寧靜美麗的海灘，也有壯麗的山嶽、斷崖，是個值得一訪的城市。

考古學博物館
Arkeoloji Müzesi

● 古代劇場
Antik Tiyatro

Trabzon/Sümela

● 渡輪碼頭

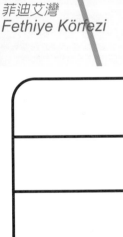

Ankara

菲迪艾灣
Fethiye Körfezi

土耳其位置圖

自助旅行

搭乘大眾交通工具

搭乘計程車

伊斯坦堡

愛琴海沿岸城市

地中海沿岸城市

首都安卡拉

懶人旅行法

| 考古學博物館 Arkeoloji Müzesi |
| 阿塔土耳克廣場 Atatürk Meydanı |
| 古代劇場 Antik Tiyatro |
| 死海 Ölüdeniz |
| 岩窟墓地 Kaya Mezarlar |

單元三 旅行觀光

土耳其位置圖

自助旅行

搭乘大眾交通工具

搭乘計程車

伊斯坦堡

愛琴海沿岸城市

地中海沿岸城市

首都安卡拉

懶人旅行法

安卡拉 ANKARA

羅馬浴池遺跡
Roma Hamamları

奧古斯都神殿
Augustus Tapınağı

朱力安之柱
Jülyanüs Sütunu

烏爾斯廣場
Ulus Meydanı

共和國博物館
Cumhuriyet Müzesi

烏爾斯
ULUS

肯奇里公園
Gençlik parkı

安納托利亞文明博物館
Anadolu Medeniyetleri Müzesi

安卡拉火車站
Ankara İst

繪畫雕刻美術館
Resim ve Heykel Müzesi

民俗學博物館
Etnografya Müzesi

地鐵安卡拉線

阿塔土耳克墓園
Anıtkabir

阿塔土耳克廣場
Atatürk Meydanı

克茲萊
KIZILAY

貝意迪克購物中心
Beğendik Alışveriş Merkezi

國會大廈
T.B.M. Meclisi

卡瓦克爾德雷
KAVAKLIDERE

卡爾姆購物中心
Karum Alışveriş Merkezi

我想去~~
Ben~~ gitmek istiyorum.

請問到~~怎麼走？
Affedersiniz,~~nasıl gidebilirim?

~~在哪裡？
~~nerede?

請告訴我現在的位置。（出示地圖）
Şu an nerede olduğumuzu söyler misiniz?

阿塔土耳克墓園 Anıt kabir	阿塔土耳克廣場 Atatürk Meydanı
羅馬浴池遺跡 Roma Hamamları	朱力安之柱 Jülyanüs Sütunu
安納托利亞文明博物館 Anadolu Medeniyetleri Müzesi	
奧古斯都神殿 Augustus Tapınağı	
烏爾斯廣場 Ulus Meydanı	共和國博物館 Cumhuriyet Müzesi
肯奇里公園 Gençlik parkı	民俗學博物館 Etnoğrafya Müzesi
阿塔土耳克墓園 Anıt kabir	貝恩迪克購物中心 Beğendik Alışveriş Merkezi
國畫大廈 T.B.M. Meclisi	

土耳其地圖

自助旅行

搭乘大眾交通工具

搭乘計程車

伊斯坦堡

愛琴海沿岸城市

地中海沿岸城市

首都安卡拉

懶人旅行法

9.懶人旅行法

這裡有沒有市區觀光巴士？
Burada şehir turu yapan otobüs var mı?

有沒有一天/半天的觀光團？
Tam günlük veya yarım günlük tur var mı?

會去哪些地方？
Nerelere gidebilirim?

大概要花多久時間？
Aşağı yukarı ne kadar sürer?

幾點出發？
Saat kaçta hareket edilecek?

幾點回來？
Saat kaçta geri dönülecek?

從哪裡出發？
Hareket yeri neresi?

在飯店可以上車嗎？
Otelimin önünden binebilir miyim?

車票要在哪裡買？
Otobüs biletini nereden alabilirim?

回程時可以在飯店下車嗎？
Dönüşte otelimde inebilir miyim?

可以在這裡拍照嗎？
Burada fotoğraf çekebilir miyim?

可以使用閃光燈嗎？
Flaş kullanabilir miyim?

可以請你幫我拍照嗎？
Bir fotoğraf çekebilir misiniz?

可以跟你合照嗎？
Sizinle fotoğraf çektirebilir miyim?

1.如何點餐

到~~吃東西吧！
~~gidip birşeyler yiyelim.

餐廳種類	快餐店 Fast Foodçu	啤酒屋 Bar
露天咖啡座 Kafe		餐館 Lokanta
高級餐廳 Birinci sınıf lokanta		大眾餐館 Lokanta

請給我菜單。 Lütfen yemek listesini verir misiniz?	請給我~~ Bana bir~~
請給我和那個相同的菜。 Ben de o yemekten istiyorum.	
多少錢？ Kaç Lira?	買單！ Fatura lütfen.
可以用信用卡付費嗎？ Kredi kartı ile ödeyebilir miyim?	
已經含稅及服務費了嗎？ Vergi ve bahşişler dahil mi?	

口味喜好		稍微一點點	非常 Çok
甜 Tatlı	酸 Ekşi	鹹 Tuzlu	苦 Acı
辣 Çok acı	澀 Buruk,acı	清淡 Hafif	油膩 Yaglı
難吃 Lezzetsiz		好吃；美味 Lezzetli	

餐具	餐巾 Peçete	筷子 Çubuk (Yemek için)
刀 Bıçak	叉 Çatal	湯匙 Kaşık

調味料 Baharat		鹽 Tuz
辣椒 Acı biber	砂糖 Şeker	醬汁 Sos
胡椒 Biber		番茄醬 Ketçap

湯 Çorbalar	番茄湯 Domates çorbası	羊雜湯 İşkembe çorbası
蘑菇湯 Mantar çorbası		扁豆湯 Mercimek çorbası
羊腦湯 Beyin çorbası		蔬菜湯 Sebze çorbası
雞肉湯 Tavuk çorbası		細麵條湯 Şehriye çorbası
豆子加米湯 Ezogelin çorbası		羊肉湯 Haşlama

肉類 Etler	牛排 Biftek	里肌肉片 Pirzola
烤雞肉片 Piliç Izgara		烤肉丸子 Izgara Köfte
肉串燒烤 Şiş kebap		阿達那燒烤 Adana kebap
雞肉串燒烤 Tavuk döner	丸子串燒 Şiş köfte	切絲 Döner
羊肉 Kuzu şiş	砂鍋 Güveç	炒或燉肉 Kavurma

米飯 Pilavlar	白米飯 Pirinç Pilavı	碎麥米飯 Bulgur Pilavı
義大利麵 Makarna		馬鈴薯泥 Patates püresi

沙拉和小菜 Salatalar ve Mezeler		牧羊人沙拉 Çoban salatası
俄式沙拉 Rus Salatası	豆子打成泥 Fava	馬鈴薯沙拉 Patates Salatası
綠色沙拉 Yeşil Salata	季節沙拉 Mevsim Salatası	炸馬鈴薯丸 Patates köftesi
什錦沙拉 Karışık Salata	炸淡菜 Midye tava	泡菜 Turşu
橄欖油涼拌豆莢 Zeytinyağlı fasulye	茄子 Patlıcan	茄子醬 Patlıcan ezme
花豆 Barbunya		葡萄葉卷 Yaprak Sarma
炸花枝圈 Kalamar Tava		魚子打成醬 Tarama
辣椒鑲菜 Biber Dolması	淡菜鑲菜 Midye Dolması	酥炸乳酪捲 Sigara böreği

口味如何？
Tadı nasıl?

我喜歡吃~~
Ben~~yemeyi seviyorum.

請問你要點什麼？
Ne alırsınız?

我想吃~~。
Ben~~yemek istiyorum.

含酒精飲料 Alkollü içkiler	紅葡萄酒 Kırmızı şarap
白葡萄酒 Beyaz şarap	威士忌酒 Viski
啤酒 Bira	伏特加酒 Votka
白蘭地酒 Konyak	水果酒 Likör
香檳 Şampanya	

甜點 Tatlılar		核桃千層酥 Baklava
八寶粥 Aşure	盤絲蜜 Kadayıf	冰淇淋 Dondurma
烤米布丁 Sütlaç	布丁 Puding	蛋糕 Pasta
糖煮南瓜 Kabak tatlısı		糖煮果實 Ayva tatlısı

大餅類 Pideler		薄肉餅 Lahmacun
肉末餅 Kıymalı Pide		碎肉餅 Kuşbaşılı Pide
乳酪餅 Kaşarlı Pide	什錦餅 Karışık Pide	波菜餅 Ispanaklı Pide

魚類 Balıklar	烤魚 Balık ızgara	炸魚 Kızarmış balık	鯷魚 Hamsi
沙丁魚 Sardalya		鯖魚 Uskumru	紅鯡魚 Barbun
蝦子 Karides		灰鯡魚 Kefal	藍魚 Lüfer
鱒魚 Alabalık		比目魚 Dil balığı	

水果 Meyveler	草莓 Çilek
蘋果 Elma	橘子 Mandalina
葡萄 Üzüm	櫻桃 Kiraz
柳橙 Portakal	梨子 Armut
水蜜桃，桃子 Şeftali	番茄 Domates
香蕉 Muz	鳳梨 Ananas
柿子 Cennet elması	西瓜 Karpuz
檸檬 Limon	葡萄柚 Greyfurt

飲料 İçecekler	紅茶 Siyah çay	咖啡 Kahve
開水 Su	熱開水 Sıcak su	可口可樂 Koka Kola
鮮奶 Süt		礦泉水 Soda
柳丁汁 Portakal suyu		冰咖啡 Buzlu kahve
熱咖啡 Sıcak kahve		熱紅茶 Sıcak çay
冰紅茶 Buzlu çay		奶茶 Sütlü çay

熱的 Sıcak	冷的 Soğuk

大杯 Büyük (bardak)	中杯 Orta (bardak)	小杯 Küçük (bardak)

單元五　購物

1.伊斯坦堡主要購物地

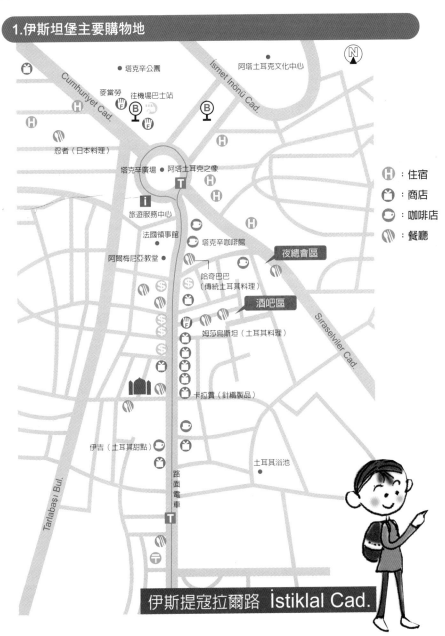

塔克辛公園
阿塔土耳克文化中心
Cumhuriyet Cad.
İsmet İnönü Cad.
麥當勞
往機場巴士站
忍者（日本料理）
塔克辛廣場　●　阿塔土耳克之像
旅遊服務中心
法國領事館
塔克辛咖啡館
阿爾梅尼亞教堂
夜總會區
哈奇巴巴（傳統土耳其料理）
酒吧區
姆莎烏斯坦（土耳其料理）
Siraselviler Cad.
卡拉貫（針織製品）
伊吉（土耳其甜點）
土耳其浴池
Tarlabaşı Bul.
路面電車

🛍：住宿
🛍：商店
☕：咖啡店
🍴：餐廳

伊斯提寇拉爾路 İstiklal Cad.

單元五 購物

伊斯坦堡主要購物地

商店種類

衣物採購

★此區為伊斯坦堡最熱鬧繁華的地方。鎮日人潮不斷，有許多餐廳、商家。

伊斯坦堡主要購物地

尼香塔希 Nişantaşı

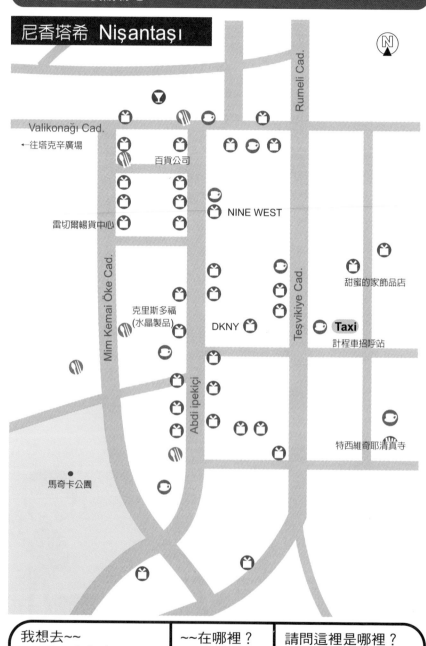

Valikonağı Cad.

←往塔克辛廣場

百貨公司

NINE WEST

雷切爾暢貨中心

Mim Kemai Öke Cad.

克里斯多福
(水晶製品)

甜蜜的家飾品店

Teşvikiye Cad.

Abdi ipekiçi

DKNY

Taxi
計程車招呼站

特西維奇耶清真寺

馬奇卡公園

我想去~~ ~~gitmek istiyorum.	~~在哪裡？ ~~nerede?	請問這裡是哪裡？ Burası neresi?

★伊斯坦堡的精品名店街，有濃濃的歐洲風。

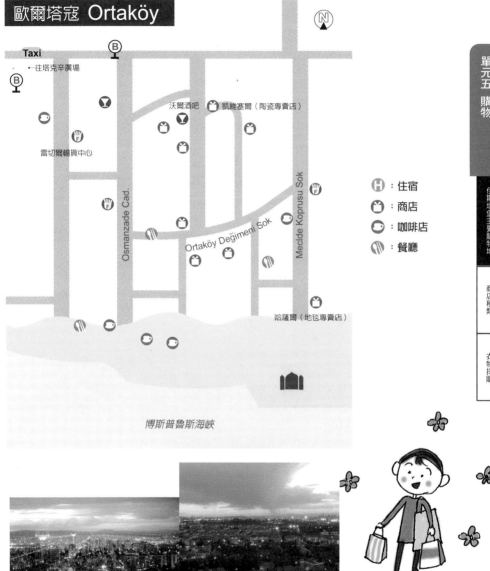

歐爾塔寇 Ortaköy

Taxi
←往塔克辛廣場

沃爾酒吧　凱維塞爾（陶瓷專賣店）

雷切爾暢貨中心

Osmanzade Cad.

Meclde Koprusu Sok

Ortaköy Değimeni Sok

哈薩爾（地毯專賣店）

H：住宿
商店圖示：商店
咖啡圖示：咖啡店
餐廳圖示：餐廳

博斯普魯斯海峽

Ankara

到~~怎麼走？
~~nasıl gidebilirim?

請告訴我現在的位置。（出示地圖）
Şu anda nerede olduğumuzu söyler misiniz?

★此區有許多酒吧、夜店，是體驗土耳其夜生活的好處。

請給我看這個/那個~~。
Şuna bakabilir miyim?

請拿~~的給我看。
Lütfen bana bir~~verin.

有沒有~~一點的？
Biraz~~var mı?

我要買~~
Ben~~almak istiyorum

不用了。(不買)
Hayır teşekkür ederim. (Almıyorum.)

總共多少錢？
Hepsi toplam kaç Lira?

可以用信用卡結帳嗎？
Kredi kartı ile ödeyebilir miyim?

算便宜一點吧！
Biraz indirim yapın lütfen!

可以退稅嗎？
Fatura alabilir miyim?

這附近有沒有~~？
Bu yakınlarda~~var mı?

~~在哪裡呢？
~~nerede?

2.商店種類

商店名稱 **Dükkan İsimleri**	水果店　　→P.51 **Manav**
藥房　→P.80 **Eczane** / 蛋糕店 **Pastane**	花店 **Çiçekçi**
書店 **Kitapçı**	唱片行 **Kasetçi**
文具店 **Kırtasiye**	鞋店 **Ayakkabıcı**
點心店 **Tatlıcı**	洗衣店 **Çamaşırhane**
電器行 **Ev aletleri**	理髮店 **Berber/Kuaför**
玩具店 **Oyuncakçı**	鐘錶行 **Saatçi**
攝影器材店 **Fotoğrafçı**	郵局 **Postane**
眼鏡行 **Gözlükçü**	→P.76 醫院 **Hastane**

★土耳其商店的營業時間大致為9:30－19:00。旅遊地區的商店的關門時間各不相同，有的商店一直營業到深夜。

請給我~~。 Lütfen bana bir~~verin.	
有~~嗎?。 ~~var mı?	我要這個。 Bunu istiyorum.
多少錢 Kaç Lira?	好看。 Çok güzel.
不好看。 Güzel değil.	我不太喜歡。 Pek beğenmedim.

衣服 Giyecekler	大衣 Manto/Palto	外套 Mont
褲子 Pantolon		領帶 Kravat
襯衫 Gömlek		罩衫 Bluz
裙子 Etek		連身裙 Jile
套裝 Takım		毛衣 Kazak
女褲 Bayan pantolonu		牛仔褲 Kot pantolon
皮衣 Deri	內衣 İç çamaşırı	泳衣 Mayo

1.數字金錢

誰？ Kim?	哪裡？ Nerede?	什麼？ Ne?	為什麼？ Niçin?
幾點鐘？ Saat kaç?		多少錢？ Kaç Lira?	哪個？ Hangisi?
有~~嗎？ ~~var mı?		我在找~~ Ben~~arıyorum.	問誰好呢？ Kime sorabilirim?

數字		1 Bir	2 İki	3 Üç	4 Dört	5 Beş
6 Altı	7 Yedi	8 Sekiz	9 Dokuz	10 On	11 On bir	12 On iki	13 On üç

14 On dört	15 On beş	16 On altı	17 On yedi
18 On sekiz	19 On dokuz	20 Yirmi	30 Otuz
40 Kırk	50 Elli	60 Altmış	70 Yetmiş
80 Seksen	90 Doksan	100 Yüz	
500 Beşyüz	1000 Bin	10000 On bin	

★土耳其與台灣時差6小時（土耳其比台灣慢六個小時），但是夏季相差5小時。

| 現金
Peşin | 信用卡
Kredi kartı | 旅行支票
Seyahat çeki |

| 土耳其幣
Lira | 歐元
Euro | 美金
Dolar | 台幣
Tayvan Doları
(En Ti) |

個 Tane		號 Beden	
杯 Bardak	位 Kişi	件 Tane	包 Paket
天 Gün	月 Ay	年 Yıl	時 Saat
公里 Kilometre	公尺 Milimetre	公分 Santimetre	
公斤 Kilo	公克 Gram	公升 Litre	

★2005年1月土耳其政府改新的貨幣單位，分為兩種。紙幣稱Lira，有1, 5, 10, 20 四種紙幣。硬幣稱Kurup，有1, 5,10,25,50 五種硬幣。

2.年月季節

今天是幾月幾日星期幾？
Bugün ayın kaçı, günlerden ne?

一月 **Ocak**		二月 **Şubat**	
三月 **Mart**	四月 **Nisan**		五月 **Mayıs**
六月 **Haziran**	七月 **Temmuz**		八月 **Ağustos**
九月 **Eylül**		十月 **Ekim**	
十一月 **Kasım**		十二月 **Aralık**	

幾日(號)？
Hangi gün?

星期日 **Pazar**	星期一 **Pazartesi**	星期二 **Salı**	星期三 **Çarşamba**
星期四 **Perşembe**	星期五 **Cuma**		星期六 **Cumartesi**

| 春
İlkbahar | 夏
Yaz |
| 秋
Sonbahar | 冬
Kış |

| 清晨
Sabah | 白天
Gündüz |
| 中午
Öğlen | 晚上
Akşam |

氣候 Hava	熱 Sıcak	涼爽 Serin
舒服 Ilık	冷 Soğuk	溫暖 Ilık
下雨 Yağmur yağıyor	晴天 Açık/Güneşli	陰天 Kapalı/Bulutlu

現在幾點鐘？ Saat kaç?	幾點鐘出發？ Saat kaçta hareket ediyoruz?
幾點鐘到達？ Saat kaçta varırız?	要花多久時間？ Ne kadar sürer?
請在~~點叫我起床。 Lütfen saat~~beni uyandırın.	
趕時間！ Acelem var.	沒時間！ Zamanım yok.
快點！ Biraz çabuk olun.	

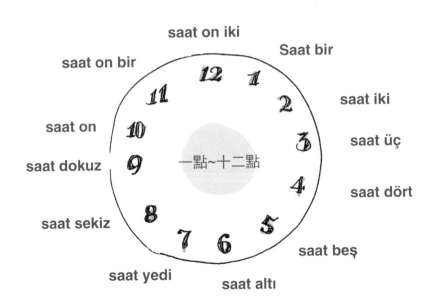

saat on iki

Saat bir

saat on bir

saat iki

saat on

saat üç

saat dokuz

一點~十二點

saat dört

saat sekiz

saat beş

saat yedi

saat altı

幾分？	1分鐘 Bir dakika	2分鐘 İki dakika	3分鐘 Üç dakika
4分鐘 Dört dakika	5分鐘 Beş dakika	6分鐘 Altı dakika	7分鐘 Yedi dakika
8分鐘 Sekiz dakika	9分鐘 Dokuz dakika	10分鐘 On dakika	11分鐘 On bir dakika

12分鐘 On iki dakika	13分鐘 On üç dakika	14分鐘 On dört dakika
15分鐘 On beş dakika	16分鐘 On altı dakika	17分鐘 On yedi dakika
18分鐘 On sekiz dakika	19分鐘 On dokuz dakika	20分鐘 Yirmi dakika
30分鐘 Otuz dakika	40分鐘 Kırk dakika	50分鐘 Elli dakika

前天 Önceki gün	昨天 Dün	今天 Bugün	明天 Yarın	後天 Sonraki gün

上星期 Gelecek hafta	這星期 Bu hafta	下星期 Geçen hafta
上個月 Gelecek ay	這個月 Bu ay	下個月 Geçen ay
明年 Gelecek yıl	去年 Geçen yıl	今年 Bu yıl

宗教節日 **Dini Bayramlar**	砂糖節	**Şeker Bayramı**
祭牲節		**Kurban Bayramı**

★宗教節日是根據阿拉伯曆計算，每年皆有不同。

法定節慶日 **Resmi tatiller**	1月1日　新年 **Yeni yıl**
4月23日　獨立紀念日兒童節 **Ulusal egemenlik ve çocuk bayramı**	
5月19日　阿塔土耳克紀念日青少年和體育節 **Atatürk'ü anma Gençlik ve spor bayramı**	
8月30日　勝利日　　**Zafer bayramı**	
10月29日　共和國日　　**Cumhuriyet bayramı**	

特殊節慶	一月　　駱駝摔跤節—瑟魯丘克(Selcuk)
	三月　　國際電影節—安卡拉
	四月　　傳統梅西爾節 (Mesir) —馬尼薩 (Manisa)
	四-五月　伊斯坦堡鬱金香節
	六月　　摔角大賽（Kırkpınar Festivali）
	六-七月　國際音樂節—伊斯坦堡
	九月　　國際葡萄收獲節—烏爾日普 (Ürgüp)
	十一月　國際帆船比賽—馬爾馬日斯 (Marmaris)

★摔角大賽是土耳其夏季最盛行的體育活動之一。選手們淋上橄欖油進行搏鬥。摔角手穿著由水牛皮製成的「Kispet」短緊的皮革長褲，褲重約13公斤重。

單元六 數字時間

數字金錢

年月季節

時間標示

重要節日

單元七 介紹問候

1.自我介紹

基本資料 Temel bilgiler	我叫 ~~ Benim adım~~

請問你貴姓大名？ Adınızı öğrenebilir miyim?
我是台灣人。 Ben Tayvanlıyım.
你去過台灣嗎？ Siz hiç Tayvana gittiniz mi?

我的職業是~ Benim mesleğim~~		老師 öğretmen
學生 öğrenci	公務員 kamu görevlisi	上班族 işçi, memur
家庭主婦 ev hanımı	律師 avukat	銀行職員 bankacı
秘書 sekreter	作家 yazar	醫生 doktor
記者 Gazeteci	公司老闆 Şirket sahibi	沒有工作 İşsiz

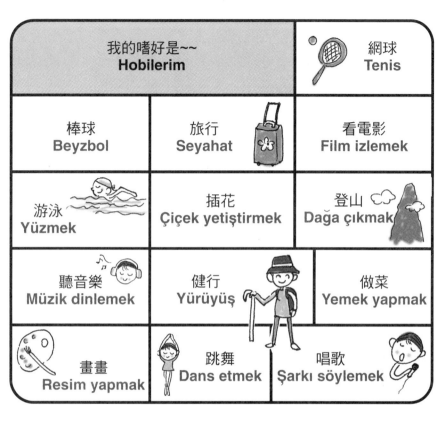

我的嗜好是~~ **Hobilerim**		網球 Tenis
棒球 Beyzbol	旅行 Seyahat	看電影 Film izlemek
游泳 Yüzmek	插花 Çiçek yetiştirmek	登山 Dağa çıkmak
聽音樂 Müzik dinlemek	健行 Yürüyüş	做菜 Yemek yapmak
畫畫 Resim yapmak	跳舞 Dans etmek	唱歌 Şarkı söylemek

父親 Baba		母親 Anne
小孩 Çocuk	女兒 Kız	兒子 Ogul
丈夫 Koca,eş		妻子 Karı,eş

2.十二星座

我的星座是~~
Benim burcum~~

	牡羊座 Koç		金牛座 Boğa
雙子座 İkizler		巨蟹座 Yengeç	
	獅子座 Aslan		處女座 Başak
天秤座 Terazi		天蠍座 Akrep	
	射手座 Yay		魔羯座 Oğlak
水瓶座 Kova		雙魚座 Balık	

這位是~~ Bu~~	那位是~~ O~~
我們是~~ Biz~~	你們是~~ Siz~~

我 Ben	你 Sen	他 O (bay)	她 O (bayan)
我們 Biz	你們 Siz	他們／她們 Onlar	

約會 Sevgili	朋友 Arkadaş
同學 Sınıf arkadaşı	老師 Öğretmen
鄰居 Komşu	親戚 Akraba
男朋友 Erkek arkadaş	女朋友 Kız arkadaş
室友 Oda arkadaşı	好朋友 İyi arkadaş
城市 Şehir	鄉下 Kırsal kesim
大學 Üniversite	中學 Ortaokul
高中 Lise	小學 İlkokul

你好！
Merhaba!

好久不見！
Uzun zamandır görüşemedik!

一切都好嗎？
Herşey yolunda mı?

何時見面？
Ne zaman görüşelim?

我們要約在哪裡？
Nerede buluşalım?

我能去。
Ben gidebilirim.

我不能去。
Ben gidemem.

我想和你一起去!
Seninle beraber gitmek istiyorum!

請來找我一起去!
Lütfen gel beni al, beraber gidelim.

告訴我你的行動電話號碼。
Lütfen bana cep telefonunun numarasını ver.

我會再打給你。
Seni tekrar ararım.

請打電話給我。
Lütfen beni ara.

NOTE

要搭什麼時候的巴士？
Bizim otobüsümüz saat kaçta?

要坐什麼時候的電車？
Bizim trenimiz saat kaçta?

什麼時候到達？
Ne zaman varırız?

要花多久時間？
Ne kadar sürer?

幾個小時？
Kaç saat?

多少分鐘？
Kaç dakika?

我很抱歉！
Çok üzgünüm

我沒辦法答應。
Söz veremem.

請原諒我。
Lütfen beni affet.

時間
Zaman

地點
Yer

我太忙了,沒辦法答應。
Çok meşgulüm söz veremem.

我迷路了。
Kayboldum.

我遺失了你的電話號碼。
Telefon numaranı kaybettim.

對不起，我遲到了。
Üzgünüm geç kaldım.

我找不到地方。
Orayı bulamadım/bulamıyorum.

我需要幫忙。
Yardıma ihtiyacım var.

我現在在哪裡？
Şimdi ben neredeyim?

國際電話怎麼打？
Uluslar arası nasıl arayabilirim?

★從土耳其打回台灣：00-886-區域代碼-對方的電話號碼；從台灣打到土耳其：002-90-區域代碼-對方的
電話號碼

單元八 休閒文化

1.休閒娛樂

你喜歡~~嗎？ ~~seviyor musun?	喜歡 seviyorum	不喜歡 sevmiyorum
你知道~嗎 ~~biliyor musun?	知道 Biliyorum	普通 normal/ sıradan/yaygın
不知道 Bilmiyorum	我喜歡~~ Ben~~severim	

休閒娛樂	旅行 Seyahat
聽音樂 Müzik dinlemek	跳舞 Dans etmek
做菜 Yemek yapmak	畫畫 Resim yapmak
插花 Çiçek yetiştirmek	唱歌 Şarkı söylemek

運動	游泳 Yüzmek	登山 Dağa tırmanmak
健行 Uzun yürüyüş yapmak	足球 Futbol	棒球 Beyzbol

單元八 休閒文化

休閒娛樂

當地文化

知名人物	Kemal Atatürk 凱末爾・阿塔土克（土耳其國父）

Orhan Pamuk奧罕・帕幕克（土耳其名作家）

Yaşar Kemal 雅薩爾・凱麻兒

Tarkan 塔爾康 （土耳其歌手）

Naim Süleymanoğlu 那印・蘇勒伊麻諾魯（土耳其舉重冠軍）

Halil Mutlu 哈里兒・慕特魯 （舉重好手）

Yasemin Dalkılıç 雅思敏（世界潛水紀錄保持人）

Süreyya Ayhan蘇芮亞・艾罕（田徑名將）

Türk Milli Futbol Takımı 土耳其國家足球隊
（土耳克 密里 富特柏 塔科麼）

Nasrettin Hoca 納士瑞丁 教授（霍加）

Mevlana 梅甫拉納

文俗民情

土耳其浴（hamam）：在土耳其當地的洗浴中心裡，能看到男女共浴。洗浴時，人們多半赤裸上身。下身圍一條浴巾。

義賣市場（Kapalı çarşı）：浩大的複合建築包括了4000家商店以及難以計數的工作室、咖啡廳和清真寺。它同時也是世界上最大的首飾義賣市場。

避邪眼（Nazar）：藍眼石，土耳其特有的吉祥物，能驅除邪惡的物和動物。產品從細小的項鍊、鑰匙圈，到大型的居家壁飾和公司辦公室的裝飾品都有。

土耳其咖啡（türk kahvesi）：舉世聞名的土耳其咖啡，是造訪土耳其一定要嚐的特產。咖啡味道會在嘴裡停留很久，味道帶酸，喝完後的土耳其咖啡的渣會在杯底沉澱，稱為特爾維（telve），還可以用來算命。

土耳其地毯（Halı）：編織在土耳其已有悠久的歷史。土耳其地毯的優秀質感與設計，僅波斯地毯足以匹敵。

★土耳其幾世紀以來是三大宗教猶太教、基督教和回教的交會地。當今，有99％土耳其人信奉回教。

NOTE

單元九 藥品急救

1.求救

請問附近有醫院嗎？
Bu yakınlarda bir hastane var mı?

請帶我去醫院。
Lütfen beni hastaneye götürün.

請叫救護車。
Lütfen bir ambulans çağırın.

已經吃藥了嗎？
Birşeyler yediniz mi?

吃了/還沒
Yedim/yemedim.

請幫我買~~藥。
Lütfen benim için ~~alın.

不舒服 İyi hissetmiyorum.	沒有食慾 İştahsızlık	喉嚨痛 Boğaz ağrısı

咳嗽 Öksürük	拉肚子 İshal	全身無力 Halsiz hissediyorum

嘔吐 Kusma	發麻 Uyuşuk	發燒 Ateş	流鼻水 Burun akıntısı

牙痛 Diş ağrısı	刺痛 Sancı	扭傷 Burkulma	骨折 Kırık

頭 Baş	頭髮 Saç	眉毛 Kaş

耳朵 Kulak	牙齒 Diş	舌頭 Dil	肩膀 Omuz
胸 Göğüs	乳房 Göğüs	背 Sırt	肚子 Karın

屁股 Popo	肛門 Makat
生殖器 Cinsel organ	肌肉 Kas
皮膚 Cilt	指甲 Tırnak
眼睛 Göz	骨頭 Kemik
鼻子 Burun	嘴巴 Ağız

脖子 Boyun	手 El	手指 Parmak	手肘 Dirsek

手臂 Kol	膝蓋 Diz	肚臍 Göbek	大腿 Baldır	小腿 Bacak

腳 Ayak	腳趾 Ayak parmağı	腳底 Ayak tabanı

求救

身體部位

診療對話

常用藥品

單元九 藥品急救

求救

身體部位

診療對話

常用藥品

每日　每天 Hergün	每天二次 Günde iki defa
每天三次 Günde üç defa	每天四次 Günde dört defa
食前 Yemekten önce	食後 Yemekten sonra
就寢前 Uyumadan önce	外用 Haricen

有會講中文的醫生嗎?
Çince bilen doktor var mı?

可以使用海外保險嗎?
Yurtdışındaki sigortamı kabul ediyor musunuz?

請給我診斷書。
Teşhis sonucumu verir misiniz?

多長時間能治好?
Ne kadar sürede iyileşebilirim?

我肚子痛。
Karnım ağrıyor.

你痛幾天了? Kaç günden beri hastasınız?	兩天了。 2 günden beri.
你吃了哪些東西? Ne yediniz?	我覺得很不舒服。 Kendimi iyi hissetmiyorum.

我頭痛。 Başım ağrıyor.	有發燒嗎？ Ateşin var mı?
我的胃痛。 Midem ağrıyor.	我食物中毒。 Zehirlendim.
我頭暈。 Başım dönüyor.	我會反胃。 Midem bulanıyor.
你懷孕了。 Hamilesiniz.	我沒有食慾。 İştahım yok.
我有糖尿病。 Şeker hastasıyım.	
我著涼了。 Düştüm.	我拉肚子。 İshal oldum.
我會便祕。 Kabız oldum.	我被狗咬到。 Köpek ısırdı.
我的手腫起來了。 Elim şişti.	

請脫衣服。 Üstünüzü çıkarın.	深呼吸。 Derin nefes alın.
把嘴張開。 Ağzınızı açın.	說啊。 Uyumadan önce.
咳嗽。 Öksürün.	

求救

身體部位

診療對話

常用藥品

你去做這些檢驗。
Bu tahlilleri yaptırın.

你必須照X光。
Röntgen çektirmeniz gerek.

最近的藥房在哪裡？
En yakın eczane nerede?

我能知道值班藥房是哪間嗎？
Nöbetçi eczane hangisi, öğrenebilir miyim?

藥房開到幾點？
Eczaneler saat kaça kadar açık?

我要一顆阿斯匹林。
Bir aspirin istiyorum.

我要一顆止痛藥。
Bir ağrı kesici istiyorum.

我想買維他命。
Vitamin almak istiyorum.

有止咳糖漿嗎？
Öksürük şurubu var mı?

我想要處方箋上的這些藥。
Şu reçetedeki ilaçları istiyorum.

_____藥沒有處方箋我能買嗎？
_____reçetsiz alabilir miyim?

請保重。 Kendine iyi bak				
我的血型是~~型 Benim kan grubum	A A	B B	O O	AB AB

一天吃~~次 Bir günde~~defa		鎮靜劑 Sakinleştirici
維生素C C vitamini	止痛藥 Ağrı kesici	頭痛藥 Başağrısı ilacı
腸胃藥 Hazmı kolaylaştırıcı		感冒藥 Soğuk algınlığı ilacı
阿斯匹林藥片 Aspirin	安眠藥 Uyku ilacı	漱口劑 Gargara
點眼藥 Göz damlası	體溫計 Derece	OK繃 Yara bandı

NOTE

形容詞 Sıfatlar	很棒 Harika	厲害 Mükemmel
不簡單 Kolay deǧil	酷！ Hoş	了不起 Harika

大，小 Büyük/küçük	多，少 Çok/az	貴，便宜 Pahalı/Ucuz
重，輕 Aǧır/hafif	強，弱 Güçlü/zayıf	新，舊 Yeni/eski
容易，困難 Kolay/zor	好，不好 İyi/kötü	長，短 Uzun/kısa
遠，近 Uzak/yakın	硬，軟 Sert/yumuşak	老，年輕 Yaşlı/genç
忙碌，空閒 Meşgul/boş	胖，瘦 Şişman/zayıf	

主詞	我是 ben
你是 sen	他（她）是 o
這是 bu	你（您）們是 siz
我們是 biz	他（她）們是 onlar

非常 çok	有一點 biraz	不太 çok değil
不~~ ~~değil	很好 Çok iyi	不錯 Fena değil

（溫度）冷的，涼的 Serin		(天氣，溫度)熱的 Sıcak
（天氣）冷的 Soğuk	溫暖的 Ilık	涼爽的 Serin
厚的 Kalın	薄的，淡的 İnce/hafif	濃的 Sık/yoğun
寬廣的 Geniş	狹窄的 Dar	早的 Erken
晚的，慢的 Geç/yavaş	快的 Hızlı	圓形的 Yuvarlak
明亮的 Parlak	黑暗的 Koyu	四方形的 Kare
強壯的 Güçlü	脆弱的 Kırılgan	高的，貴的 Yüksek/pahalı
矮的 Kısa	便宜的 Ucuz	淺的 Yüzeysel

粗的 Kalın	細的 İnce	深的 Derin/koyu

新的 Yeni	舊的 Eski	大的 Büyük	小的 Küçük

認真 Ciddi	困難的 Zor	有趣的 İlginç

有名（的） Meşhur	簡單的，溫柔的 Kolay,nazik

無聊的 Sıkıcı	熱鬧（的） Kalabalık,telaşlı

安靜（的） Sakin	有精神，活潑 Parlak,canlı

熱心，親切 Sıcak kalpli, Samimi	方便 Rahat	不方便 Uygun değil

漂亮，美麗 Güzel	不擅 Beceriksiz	擅長，拿手 Becerikli

動詞／疑問句
Eylemler/Soru Edatları

什麼 Ne	為什麼 Niçin	哪一個 Hangisi	什麼時候 Ne zaman
誰 Kim	在哪裡 Nerede	怎麼 Nasıl	怎麼辦 Nasıl yapmalı

比如說 Mesela	剛才 Demin	現在 Şimdi	以後 Sonra
想 İstemek	會 Yapabilmek		比較好 Daha iyi
不想 İstemiyorum	不會 Yapamıyorum		不可以 Yapamam

不要~~比較好
~~daha iyi

已經~~了
var

有~~過
vardı

不太
çok değil

86

不是~~ ~~değil	沒有 Yok/değil		
還沒~~ Henüz~~değil			

見面 Buluşmak	分開 Ayrılmak	問 Sormak	回答 Cevap vermek
教 Öğretmek	學習 Öğrenmek	記得 Hatırlamak	忘記 Unutmak
進去 Girmek	出去 Dışarı çıkmak	開始 Başlamak	結束 Sona ermek
走 Yürümek	跑 Koşmak	前進 İlerlemek	找 Aramak

停止 Durmak	住 Yaşamak/oturmak	回去 Geri gitmek
來 Gelmek	哭 Ağlamak	笑 Gülmek
送 Göndermek	接受 Kabul etmek	看書 Okumak
看 Görmek	寫 Yazmak	說 Konuşmak
聽 Duymak	了解 Anlamak	說明 Açıklamak
知道 Bilmek	想 Düşünmek	小心 Dikkat etmek

睡覺 Uyumak	起床 Kalkmak/uyanmak	休息 Dinlenmek
打開 Açmak	關 Kapamak	變成 Olmak
做 Yapmak	賣 Satmak	故障 Bozulmak ,kırılmak
有 Var	活 Yaşamak	站 Ayakta durmak	坐 Oturmak
買 Satın almak	壞掉 Arızalanmak,bozulmak	使用 Kullanmak
工作 Çalışmak	喜歡 Begenmek/ hoşlanmak/ sevmek	討厭 Nefret etmek

通訊錄記錄

聯絡方式 Bilgi	我住在 ＿＿＿＿＿＿＿＿＿＿＿＿＿＿ 飯店 Ben ＿＿＿＿＿＿＿＿＿＿＿ otelde kalıyorum.
地址是 Adresi	＿＿＿＿＿＿＿＿＿＿＿＿＿＿＿＿＿＿＿

請告訴我你的~~
Lütfen bana ~~ söyleyin.

姓名 isim	
地址 Adres	
電話號碼 Telefon numarası	
電子郵件地址 e-posta adresi	

我會寄~~給你。 Ben Sana~~ gönderirim.	信 mektup	照片 resim

請寫在這裡。
Lütfen buraya yazar mısınız?

旅行攜帶物品備忘錄

		出發前	旅行中	回國時
重要度 A	護照（要影印）			
	簽證（有的國家不用）			
	飛機票（要影印）			
	現金（零錢也須準備）			
	信用卡			
	旅行支票			
	預防接種證明（有的國家不用）			
重要度 B	交通工具、旅館等的預約券			
	國際駕照（要影印）			
	海外旅行傷害保險證（要影印）			
	相片2張（萬一護照遺失時申請補發之用）			
	換穿衣物（以耐髒、易洗、快乾為主）			
	相機、底片、電池			
	預備錢包（請另外收藏）			
	計算機			
	地圖、時刻表、導遊書			
	辭典、會話書籍（別忘了帶這本書！）			
重要度 C	變壓器			
	筆記用具、筆記本等			
	常備醫藥、生理用品			
	裁縫用具			
	萬能工具刀			
	盥洗用具（洗臉、洗澡用具）			
	吹風機			
	紙袋、釘書機、橡皮筋			
	洗衣粉、晾衣夾			
	雨具			
	太陽眼鏡、帽子			
	隨身聽、小型收音機（可收聽當地資訊）			
	塑膠袋			

旅行手指外文會話書

自助旅行 · 語言學習 · 旅遊資訊　全都帶著走

中文外語一指通　　不必說話也能出國

這是一本讓你靠手指，就能出國旅行的隨身工具書，

書中擁有超過2000個以上的單字圖解，和超過150句的基本會話內容

帶著這本書就能夠使你輕鬆自助旅行、購物、觀光、住宿、品嚐在地料理！

1.本書的使用方法

STEP-1

請先找個看起來和藹可親、面容慈祥
的土耳其人，然後開口向對方說：

> 對不起！打擾一下！
> Affedersiniz , rahatsız ediyorum.

STEP-2

出示下列這一行字請對方過目，並請
對方指出下列三個選項，回答是否願
意協助「指談」。

> 這是指談的會話書，方便的
> 話，是否能請您使用本書和我
> 對談？
> **Vaktiniz varsa bu kitap
> yardımıyla benimle
> konuşabilir misiniz ?**

> 好的！沒問題
> Tamam, sorun değil.

> 不太方便！
> Bu benim için çok uygun değil.

> 我沒時間
> Üzgünüm vaktim yok.

STEP-3

如果對方答應的話（也就是指著 "Tamam, sorun değil." ）
請馬上出示下列圖文，並使用本書開始進行對話。
若對方拒絕的話，請另外尋找願意協助指談的對象。

> 非常感謝！現在讓我們開始吧！
> **Çok teşekkür ederim. Şimdi konuşmaya başlayabiliriz.**

❶ 本書收錄有十個部分三十個單元，並以色塊的方式做出索引列於書之二側；讓使用者能夠依顏色快速找到你想要的單元。

le m

*巴黎有二處機場，(1)戴以連接市區的地下鐵，

❷ 每一個單元皆有不同的問句，搭配不同的回答單字，讓使用者與協助者可以用手指的方式溝通與交談，全書約有超過150個會話例句與2000個可供使用的常用字。

公車站
un arret de bus

地鐵 →P.15
le metro

❸ 在單字與例句的欄框內，所出現的頁碼為與此單字或是例句相關的單元，可以方便快速查詢使用。

動詞／疑問句

| 什麼 comment ? | 為什 Pour q |

什麼時候 Quand?

❹ 當你看到左側出現的符號或空格時，是為了方便使用者與協助者進行筆談溝通或是做為標註記錄之用。

→ P.20
招呼站
on de taxi.

郊區快鐵

❺ 在最下方處，有一註解說明與此單元相關之旅遊資訊，以方便及提供給使用者參考之用。

❻ 在最末尾有一個部分為常用字詞，放置有最常被使用的字詞，讓使用者參考使用之。

通訊錄記錄

| 我住在 J' habite a l'hotel | 飯店、地址 l'adress |

姓名

❼ 隨書附有通訊錄的記錄欄，讓使用者可以方便記錄同行者之資料，以利於日後連絡之。

護照（要影印	
簽證（有的國家	
重要度 A	飛機票（要影印
	現金（零錢也須準
	信用卡
	旅行支票
	預防接種

❽ 隨書附有＜旅行攜帶物品備忘錄＞，讓使用者可以提醒自己出國所需之物品。

國家圖書館出版品預行編目資料

手指土耳其 / Serap Kızlıer作 --初版. --臺北市：商周出版：家庭傳媒城邦
　　分分公司發行，2005 [民94]
　　　面；　　公分. -- （旅行手指外文會話書：8）

　　ISBN 986-124-357-7（平裝）

　　1. 觀光土耳其語 – 會話

803.8188　　　　　　　　　　　　　　　　　　　　　　94003529

旅行手指外文會話書 08

手指土耳其

作　　　　者 / SERAP KIZLIER
總　編　輯 / 楊如玉
責 任 編 輯 / 陳玳妮

發　行　人 / 何飛鵬
法 律 顧 問 / 中天國際法律事務所周奇杉律師
出　　　版 / 商周出版
　　　　　　104台北市民生東路二段141號9樓
　　　　　　電話：(02) 25007008　　傳眞：(02) 25007759
　　　　　　e-mail:bwp.service@cite.com.tw
發　絡　行 / 英屬蓋曼群島商家庭傳媒股份有限公司城邦分公司
聯 絡 地 址 / 104台北市民生東路二段141號2樓
　　　　　　讀者服務專線：0800-020-299
　　　　　　24小時傳眞服務：02-2517-0999
　　　　　　劃撥：1896600-4
　　　　　　戶名：英屬蓋曼群島商家庭傳媒股份有限公司城邦分公司
　　　　　　讀者服務信箱E-mail：cs@cite.com.tw
香 港 發 行 所 / 城邦（香港）出版集團有限公司
　　　　　　香港灣仔軒尼詩道235號 3樓
　　　　　　電話：(852) 25086231或 25086217　傳眞：(852) 2578 9337
馬 新 發 行 所 / 城邦（馬新）出版集團 Cite (M) Sdn. Bhd.
　　　　　　41, Jalan Radin Anum, Bandar Baru Sri Petaling,
　　　　　　57000 Kuala Lumpur, Malaysia.
　　　　　　Tel: (603) 90578822 Fax: (603) 90576622 Email: cite@cite.com.my

封 面 設 計 / 斐類設計
內 文 設 計 / 馮滿銀
繪　　　刷 / 宋逢瑞
打 字 排 版 / 極翔企業有限公司
印　　　刷 / 韋懋實業有限公司
總　經　銷 / 高見文化行銷股份有限公司
　　　　　　電話：(02)2668-9005　傳眞：(02)2668-9790　客服專線：0800-055-365

□ 2005年3月24日初版
□ 2014年5月21日初版4刷　　　　　　　　　　　　　Printed in Taiwan.

售價／149元
著作權所有，翻印必究

廣　告　回　函
北區郵政管理登記證
北臺字第000791號
郵資已付，免貼郵票

104　台北市民生東路二段141號2樓

英屬蓋曼群島商家庭傳媒股份有限公司城邦分公司　收

- -

請沿虛線對摺，謝謝！

書號：BX8008	書名：手指土耳其

讀者回函卡

感謝您購買我們出版的書籍！請費心填寫此回函卡，我們將不定期寄上城邦集團最新的出版訊息。

不定期好禮相贈！
立即加入：商周出版
Facebook 粉絲團

姓名：＿＿＿＿＿＿＿＿＿＿＿＿＿＿＿＿ 性別：□男 □女

生日：西元＿＿＿＿＿＿年＿＿＿＿＿月＿＿＿＿日

地址：＿＿＿＿＿＿＿＿＿＿＿＿＿＿＿＿＿＿＿＿

聯絡電話：＿＿＿＿＿＿＿＿＿ 傳真：＿＿＿＿＿＿＿

E-mail：

學歷：□ 1. 小學 □ 2. 國中 □ 3. 高中 □ 4. 大學 □ 5. 研究所以上

職業：□ 1. 學生 □ 2. 軍公教 □ 3. 服務 □ 4. 金融 □ 5. 製造 □ 6. 資訊

　　　□ 7. 傳播 □ 8. 自由業 □ 9. 農漁牧 □ 10. 家管 □ 11. 退休

　　　□ 12. 其他＿＿＿＿＿＿＿＿＿＿＿＿

您從何種方式得知本書消息？

　　　□ 1. 書店 □ 2. 網路 □ 3. 報紙 □ 4. 雜誌 □ 5. 廣播 □ 6. 電視

　　　□ 7. 親友推薦 □ 8. 其他＿＿＿＿＿＿＿＿＿＿

您通常以何種方式購書？

　　　□ 1. 書店 □ 2. 網路 □ 3. 傳真訂購 □ 4. 郵局劃撥 □ 5. 其他＿＿＿＿

您喜歡閱讀那些類別的書籍？

　　　□ 1. 財經商業 □ 2. 自然科學 □ 3. 歷史 □ 4. 法律 □ 5. 文學

　　　□ 6. 休閒旅遊 □ 7. 小說 □ 8. 人物傳記 □ 9. 生活、勵志 □ 10. 其他

對我們的建議：＿＿＿＿＿＿＿＿＿＿＿＿＿＿＿＿＿＿

＿＿＿＿＿＿＿＿＿＿＿＿＿＿＿＿＿＿＿＿＿＿＿＿＿＿

＿＿＿＿＿＿＿＿＿＿＿＿＿＿＿＿＿＿＿＿＿＿＿＿＿＿

【為提供訂購、行銷、客戶管理或其他合於營業登記項目或章程所定業務之目的，城邦出版人集團（即英屬蓋曼群島商家庭傳媒（股）公司城邦分公司、城邦文化事業（股）公司），於本集團之營運期間及地區內，將以電郵、傳真、電話、簡訊、郵寄或其他公告方式利用您提供之資料（資料類別：C001、C002、C003、C011 等）。利用對象除本集團外，亦可能包括相關服務的協力機構。如您有依個資法第三條或其他需服務之處，得致電本公司客服中心電話02-25007718 請求協助。相關資料如為非必要項目，不提供亦不影響您的權益。】
1.C001 辨識個人者：如消費者之姓名、地址、電話、電子郵件等資訊。　　2.C002 辨識財務者：如信用卡或轉帳帳戶資訊。
3.C003 政府資料中之辨識者：如身分證字號或護照號碼（外國人）。　　4.C011 個人描述：如性別、國籍、出生年月日。